MA PREMIÈRE DENT PERDUE

de

Faridat A. Audu

Copyright © 2023
Faridat A. Audu

ISBN
978-1-966373-10-0
978-1-966373-11-7
978-1-966373-12-4

Toutes les mesures raisonnables ont été prises pour vérifier l'exactitude des informations fournies dans cette publication.

Dédié

Aux hommes extraordinaires de ma vie, mon mari Musa, et nos trois fils Fadel, Raihan et Adnan.

Chaque expérience vécue avec vous me rend heureuse.

Merci!

Atai était un petit garçon curieux de 7 ans, doté d'un bel esprit.

Ant
Bag Cat Dog
Egg
Fan Gem Hat

Il allait dans une école près de chez lui.
Atai était de nature amical et parlait à
tous les élèves de sa classe.

Atai était en première année de primaire. Ses amis parlaient toute la journée de la fée des dents. Atai ne pouvait pas participer à cette conversation et se sentait un peu perdu.

Science
DAYS OF THE WE
Monday
Tuesday
Wednesday
Thursday
Friday
Saturday
Sunday

Un jour, Atai rentra à la maison et demanda à papa et maman s'ils connaissaient la fée des dents.

Papa et maman demandèrent à Atai de leur en dire plus au sujet de fée des dents.

Atai raconta à papa et à maman ce que lui avaient dit ses copains.

« On garde la dent sous l'oreiller et la fée des dents la remplace par de l'argent » expliqua-t-il, les yeux brillants d'enthousiasm.

Papa et maman étaient heureux d'apprendre
qu'Atai connaissait la fée des dents.

Un jour, Atai jouait avec ses amis à l'école.

C'était un après-midi d'hiver froid et il neigeait dehors.

SCHOOL

Atai et ses amis faisaient des boules de neige
et se couraient après.

Dans un coin, la maîtresse les regardait jouer.

On pouvait encore apercevoir des touffes
d'herbe à travers la neige.

Les enfants jouaient lorsque Jack, l'un des amis d'Atai, se cogna à lui par accident.

Jack renversa Atai et une dent mobile
tomba de la bouche d'Atai.

Atai se souvint soudain de ce que ses amis
lui ont dit au sujet de la fée des dents.

Il leur demanda donc s'ils pouvaient l'aider
à chercher sa dent.

Atai et ses amis cherchèrent partout la dent qui était tombée de sa bouche.

La maîtresse d'Atai regardait les enfants chercher la dent.

SCHOOL

L'un des amis d'Atai, Carl, trouva la dent
tombée et la donna à Atai.

Les enfants se rassemblèrent autour d'Atai et parlèrent de la visite de la fée des dents. Cela rendit Atai très heureux.

SCHOOL

La maîtresse s'approcha d'Atai avec un étui. Elle plaça la dent dans l'étui et l'accrocha autour du cou d'Atai.

Après la pause, les amis d'Atai lui racontèrent la visite de la fée des dents. Ils lui dirent : « Tu dois t'endormir. Si tu es réveillé, la fée des dents ne te rendra pas visite ».

Atai hochait la tête et regardait sa dent. Il voulait vraiment que la fée des dents lui rende visite.

Il rentra chez lui et montra la dent à
ses parents.

Ce soir-là, maman plaça la dent d'Atai
sous son oreiller, lui lut une histoire et
lui dit de bien dormir.

Le lendemain matin, Atai se réveilla tôt.
Il trépignait d'impatience.

Il voulait montrer à ses amis l'argent qu'il avait reçu de la fée des dents. Il était un peu sceptique car il n'avait jamais reçu sa visite auparavant.

Mais en même temps, il était confiant car connaissait maintenant l'existence de la fée des dents et il savait qu'elle ne prenait que la dent placée sous l'oreiller la nuit.

Atai se redressa sur son lit et
écarta l'oreiller.

À sa grande surprise, il n'y avait plus de dent, mais un billet de cinq dollars tout neuf.

$5
$ 5 $
$ 5 $
DOLLAR

Atai prit le billet de cinq dollars et regarda tout autour de sa chambre, sous le lit, dans le placard. Il espérait apercevoir la fée des dents.

Il courut jusqu'à la cuisine où maman préparait le petit-déjeuner et brandit le billet de cinq dollars. Il expliqua à maman que la fée des dents lui avait rendu visite.

5
DOLLAR
5

Atai avait hâte d'aller à l'école et de parler de la fée des dents à ses amis.

Atai était ravi de savoir que la fée des dents lui avait enfin rendu visite.

Fin

Livres dans la série
MON PREMIER... :

Mon premier mot

Mon premier jour à la maternelle

Ma première dent perdue

Mon premier jour de neige

Ma première soirée pyjama

Toutes les demandes de renseignements doivent être adressées à :

Global Vous Education INC. Canada

www.globalvouseducation.com

À PROPOS DE L'AUTRICE

Faridat A. Audu est une éducatrice spécialisée dans la petite enfance nigériane-canadienne, titulaire d'une licence d'anglais obtenue en Afrique, d'un certificat professionnel d'écriture créative pour enfants obtenu aux États-Unis et d'une maîtrise en leadership éducatif obtenue au Canada. Elle est titulaire d'un prix d'excellence en éducation de la petite enfance décerné par le Humber College et possède plus de 15 ans d'expérience dans ce domaine, acquise au Nigéria, en Côte d'Ivoire et au Canada. Passionnée d'éducation, Faridat a fondé Global Vous Education INC, une entreprise qui se consacre à la promotion du bilinguisme à l'aide de méthodes pédagogiques contemporaines, en mettant l'accent sur la petite enfance et la langue française. Faridat est également l'heureuse autrice de My First Approach to Being Bilingual, un ouvrage largement salué comme un outil précieux pour les apprenants qui essaient encore de trouver leur voie, que ce soit en anglais ou en français.

Née à Lagos, au Nigeria, Faridat a étudié et voyagé dans le monde entier. Elle vit aujourd'hui en Ontario, au Canada, avec son mari et ses trois fils.

SECTION ACTIVITÉ

Voici quelques activités amusantes que les parents et les éducateurs pourraient faire avec les enfants. Ces activités permettront aux parents ou aux éducateurs de réfléchir aux expériences des enfants de façon amusante et interactive.

(Pour les parents)

Cette activité s'adresse aux parents. Après avoir lu « Ma première dent perdue » avec votre enfant, vous pouvez partager avec lui l'expérience de sa première perte de dent.

(Pour les éducateurs)

Cette activité s'adresse aux éducateurs. En tant qu'éducateur, vous pouvez créer des projets ou des exercices en classe qui permettraient aux élèves d'interroger leurs parents sur leur première expérience de dent perdue et de la partager avec leurs camarades le lendemain en classe.

AMUSEZ-VOUS BIEN !